Guía de lectura

Escrita por Lucile Lhoste
Traducida por Tamara Montes Blanco

Grey

de E. L. James

Entiende fácilmente la literatura con

Resumen Express.com

www.resumenexpress.com

E. L. JAMES

NOVELISTA Y PRODUCTORA BRITÁNICA

- **Nacida en 1963 en Londres (Inglaterra)**
- **Algunas de sus obras:**
  - *Cincuenta sombras de Grey* (2012), novela
  - *Cincuenta sombras más oscuras* (2012), novela
  - *Cincuenta sombras liberadas* (2012), novela

Erika Leonard nació en 1963 en Londres. Tras haber trabajado para la televisión británica, el pseudónimo de E. L. James es el que le hace alcanzar notoriedad desde 2012 con la trilogía *Cincuenta sombras de Grey*, que originalmente era una *fanfiction*. Vive a las afueras de Londres con Niall Leonard, su marido, que también es el guionista de la adaptación cinematográfica de *Cincuenta sombras más oscuras* (prevista para 2017), y sus dos hijos.

Se han vendido más de 125 millones de ejemplares de la trilogía en conjunto, y esta ha sido traducida a 52 idiomas. En 2015 se estrenó en los cines una película basada en el primer libro y cosechó tal éxito que ya está en curso la producción de las adaptaciones de los dos tomos siguientes.

GREY

OTRO PUNTO DE VISTA SOBRE LA RELACIÓN ENTRE ANA Y CHRISTIAN

- **Género:** novela
- **Edición de referencia:** James, E. L. 2015. *Grey*. Traducido por Anuvela. Barcelona: Penguin Random House Grupo Editorial
- **Primera edición:** 2015
- **Temáticas:** relación amorosa, dominación, sumisión, sexualidad, reescritura

Grey, que cabalga en el éxito de la trilogía de las *Cincuenta sombras*, se publicó en 2015 para responder a la demanda de los seguidores deseosos de conocer los sentimientos del personaje de Christian sobre las etapas de su relación con Ana. Por lo tanto, la novela retoma la historia del primer volumen, pero esta vez centrándose en el punto de vista masculino.

Christian Grey es un hombre de negocios multimillonario que controla perfectamente los detalles de su existencia, al menos hasta que conoce a la joven Anastasia Steele en su despacho. Entonces nace entre ellos una relación que rápidamente se vuelve íntima. Christian le propone a Ana un contrato que lo convertirá a él en su amo, como hace con todas sus conquistas; sin embargo, se da cuenta de que con ella nada sigue el mismo curso que con sus sumisas anteriores...

RESUMEN

UNA RELACIÓN TUMULTUOSA

Christian Grey ha construido en Seattle una empresa más que floreciente, que da empleo a varios miles de personas, y se gana muy bien la vida; pero fuera de su éxito profesional, su existencia es más bien vacía.

Un día, a comienzos de mayo de 2011, una estudiante de periodismo que tiene que entrevistarlo para el periódico de la universidad envía en su lugar a su compañera de piso, Anastasia Steele, porque está enferma. Christian empieza fantasear enseguida con la joven y la seduce. Primero Anastasia, a la que llaman Ana, lo rechaza, pero acaba por llamarlo una noche mientras está ebria. Christian se encuentra con ella, la salva de la agresión de un amigo que está yendo demasiado lejos y, después, la lleva a su *suite* de hotel.

Los días siguientes, las cosas se aceleran y, antes de que hagan el amor, Ana le confiesa que aún es virgen. Así es como comienza entre ambos un idilio marcado por la proposición de Christian de firmar un contrato especial que identifica el papel de cada uno en la relación: Christian será el amo y Ana su sumisa, tanto desde el punto de vista sexual como relacional.

Aunque ella se niega a firmar el contrato, su amorío no termina ahí y Christian encuentra placer en someterla en su sala de juegos, una habitación llena de objetos de carácter sexual. Esta relación ambigua durará hasta que, una mañana, Ana no soporta los latigazos de su amante y lo deja. Durante varios días, el joven se queda estancado, solo y desesperado. Su psicólogo, el doctor Flynn, lo ayuda a encontrar una solución: ¿y si se planteara una relación más convencional con Ana en la que abandonase su papel de amo?

EL ESTABLECIMIENTO DEL CONTRATO

Desde el principio, Christian planea convertir a Ana en su sumisa. Por lo tanto, solicita a su personal que le aporte toda la información posible sobre la joven. Así, se entera de que esta trabaja en una ferretería. Entonces decide ir a la tienda para sorprenderla, con el pretexto de que tiene que hacer unas compras.

Cuando la lleva a su casa por primera vez, le presenta dos documentos. El primero es un acuerdo de confidencialidad que estipula que ella no puede desvelar nada de lo que pasará entre ellos; el segundo es un contrato que establece los deseos y los límites de cada uno como amo y como sumisa. Tras haber discutido los términos del contrato, Christian es rechazado por Ana, que se ha informado sobre el sadomasoquismo y en principio no le gusta. Entonces estalla una discusión entre ellos, y Ana se va a su casa. Pero, poco tiempo después, Christian se presenta en esta, y los dos amantes acaban por reconciliarse en el sillón. Retoman la negociación en los días siguientes.

El 28 de mayo, la hermana adoptiva de Christian, Mia, llega de París. Él va a buscarla al aeropuerto y la lleva a casa de sus padres. Estos, que se han enterado de la existencia de Ana, insisten a Christian en que la invite a la cena familiar del día siguiente, aunque hace una semana que los dos amantes no se ven.

La tarde la cena, Ana comparte su deseo de hacer una larga visita a su madre en Savannah (ciudad del estado de Georgia, en el sudeste de Estados Unidos). Como no ha firmado ningún contrato, Christian se ve obligado a dejar que vaya, pero la marcha de Ana lo desestabiliza. Tras haber cenado con Elena, la mujer de la que fue sumiso durante varios años tiempo atrás y con la que ha permanecido en contacto, decide ir a Savannah, supuestamente para encontrarse con unos representantes locales en el marco de la implantación de una fábrica. Durante su estancia, se encuentra «casualmente» con Ana en el bar de su hotel. Tras pasar otra noche juntos, él se entera de una terrible noticia a través de su mayordomo Taylor: Leila, una de sus antiguas amantes, ha intentado suicidarse en la casa del propio Christian.

LAS TINIEBLAS DE CHRISTIAN

Aunque tiene que ir a cenar con Ana y la madre de esta en Savannah, Christian se excusa diciendo que ha tenido un problema con su empresa para volver a Seattle. Se presenta en el hospital, donde se entera de que Leila se ha escapado al poco de llegar y de que la situación de la joven no es tan idílica como ella hacía creer: su matrimonio se desmorona y hace tres meses que abandonó a su marido.

Cuando Ana vuelve de Savannah, Christian consigue olvidar más o menos este problema. Por lo tanto, reanudan sus juegos eróticos hasta que Ana le propone un trato: ella deja que le haga daño tal y como él desea, pero, a cambio, ella podrá tocarlo, lo cual tenía prohibido hasta el momento. Por desgracia, Ana no soporta los latigazos que le inflige Christian, así que decide dejarlo. Le devuelve el ordenador y las llaves del coche que él le había regalado y sale del apartamento.

A partir de ese momento, las tinieblas que atormentaban a Christian y que este había conseguido alejar en presencia de Ana vuelven a abatirse sobre él. Cada vez tiene más pesadillas, en las cuales se acuerda de su madre biológica, una drogadicta, de su suicidio y de los golpes que les infligía su compañero sentimental.

Durante algunos días, se refugia en el trabajo. Tras haber encontrado el regalo de despedida de Ana, una maqueta del planeador que tomaron para ir a Savannah, su ánimo se levanta. Comprende que no está todo perdido. Su asistente anota en su agenda una cita en Portland con ocasión de una exposición a la que tenía que ir la pareja, lo cual refuerza esta impresión. El día D, el 9 de junio de 2011, se despierta con espíritu de triunfador y seguro de sí mismo: Ana ha aceptado que la lleve a la exposición. Sus sueños vuelven a ser agradables: especialmente, sueña con su adopción por parte de la familia Grey y con sus primeros recuerdos buenos, que siempre le llevan a Ana.

ESTUDIO DE LOS PERSONAJES

CHRISTIAN GREY

Christian Grey, de veintisiete años, es el jefe de Grey Enterprises Holdings, cuyas principales actividades profesionales se centran en las nuevas tecnologías y en la adquisición y restructuración de otras empresas, convoyes humanitarios y asociaciones. La empresa tiene un gran número de empleados, y Christian conoce los puntos fuertes y las debilidades de cada uno de ellos. Montó su negocio con Elena, una amiga de su madre y su ama durante seis años, con la que cortó toda relación cuando descubrieron su amorío.

Su madre biológica era una prostituta toxicómana, cuya pareja sentimental les pegaba a ella y a Christian. Después de que su madre se suicidara, los servicios sociales se encargaron del chico, y después fue adoptado por Carrick y Grace Grey. En esta época, la pareja ya tenía un hijo, Elliott, también adoptado. Unos años más tarde, la familia se amplía con Mia.

Christian es un niño reservado y violento, particularmente con su hermano Elliott. Siente tal cólera que durante su adolescencia sueña varias veces con poner fin a sus días. Según dice, fue Elena la que, al iniciarlo en el sadomasoquismo, le permitió encontrar una especie de válvula de escape de su furia y le salvó la vida.

Antes de conocer a Ana, Christian tuvo quince sumisas. En

el ámbito de sus actividades particulares, acondicionó en su apartamento una habitación a la que él se refiere como su sala de juegos. En ella, almacena diversos accesorios sexuales, entre los que llaman la atención especialmente una reja con esposas, una cruz de San Andrés (cruz con forma de X) y un banco de azotes.

Se preocupa de protegerse a sí mismo, por lo que hace que todas sus sumisas firmen dos documentos: un contrato de confidencialidad y un contrato que define la relación entre ambas partes como amo y como sumisa. Aunque está dispuesto a escuchar los deseos de sus sumisas y no haría nada que perjudicara la salud de estas, no soporta que lleven a cabo acciones que escapen a su control.

Suele hacer alusión a las tinieblas que le invaden cuando una mujer lo toca o cuando tiene pesadillas. De hecho, sus tormentos tienen una gran influencia en sus relaciones, incluida la que mantiene con Ana.

ANA STEELE

Anastasia Rose Steele tiene veintiún años y estudia Literatura Inglesa en la Washington State University cuando conoce a Christian. Se gradúa unos días más tarde y empieza a trabajar como asistente de editor en una editorial de Seattle.

Nos enteramos de muchos detalles de su vida gracias a la investigación de Christian. Nació el 10 de julio de 1989 y perdió a su padre al día siguiente. Su madre se volvió a casar con Raymond Steele, de quien Ana toma el apellido. A pesar de que su madre se divorcia y vuelve a casarse, Ana decide quedarse con Raymond hasta terminar el instituto. En la universidad, vive con Kate Kavanagh, una de sus amigas, en cuyo lugar irá a entrevistar a Christian.

Al principio de la novela, parece tímida y le falta confianza en sí misma, aunque conoce sus propios límites y sabe fijarlos —nunca firmará el contrato de Christian—. Cuando comienza su relación con Christian, le confiesa que ha tenido novios, pero que nunca ha tenido una relación sexual. La única figura masculina en la que tiene plena confianza es su padrastro, por el que siente un gran aprecio.

A medida que transcurre la novela, y que su relación con Christian evoluciona, se siente más segura. Al principio desconoce totalmente el universo del sadomasoquismo y se somete poco a poco a su amante mientras se permite impertinencias que sabe que molestan a Christian, en especial su costumbre de poner los ojos en blanco y la de morderse el labio inferior. Además, no duda en dejar a su amante en el momento en que sabe con certeza que no podrá satisfacer sus necesidades en términos de sexualidad sin dejar de ser ella misma. Así, aunque jugando a ser sumisa, se puede decir que es consciente de sus ventajas y que su personalidad audaz se va reafirmando, lo cual sorprende a Christian y le obliga a comprometerse.

ELLIOT GREY

Es el hermano mayor de Christian y también es adoptado, pero sus temperamentos son muy diferentes. Es seductor, risueño y atrevido, por lo que no para de encadenar conquistas. Para sorpresa de Christian, se calma cuando conoce a Kate, la amiga de Ana, con la que parece ser que comienza una relación de verdad. Incluso, Elliot invita a Kate a la cena familiar que tiene lugar cuando Mia vuelve de Europa y planea irse de vacaciones con la familia Kavanagh al completo.

En el plano profesional, Elliot se dedica a proyectos relacionados con el desarrollo sostenible gracias a la financiación de su hermano. Cuando queda con él en Seattle, está ocupado con una obra de implantación ecológica en el norte de la ciudad, donde tiene pensado instalar un sistema de tratamiento de aguas grises para que se pueda ahorra energía en los hogares.

Aunque la relación entre los dos hermanos es cordial en el momento en que se desarrolla la trama, no siempre ha sido así. Cuando Christian pasa a formar parte de la familia Grey, lo invade una violencia que solo consigue expresar pegándose, especialmente con Elliot. Por lo tanto, este último tiene miedo de su hermano durante muchos años, mientras que Christian tenía —y sigue teniendo— celos de la alegría de vivir de Elliot y de que este no fuera hijo de una prostituta.

MIA GREY

Mia, la benjamina de los Grey, tiene la misma edad que Ana. Llegó a la familia siendo un bebé y la mimaron durante toda su infancia e incluso en la juventud.

Es muy exuberante y parlanchina, a veces molesta a Christian porque habla por los codos y le cuesta estar tranquila en público. Paradójicamente, esta costumbre de no parar de charlar también calma a su hermano, que así siente que es tratado igual que los demás, en vez de notar la admiración teñida de miedo que la gente suele profesar hacia él a causa de su juventud, belleza y dinero. Quiere a su hermana pequeña desde que llegó, y gracias también a ella consiguió salir de su mutismo infantil.

GRACE TREVELYAN-GREY

Grace —la madre adoptiva de Christian, Elliot y Mia— es pediatra de profesión. Se casó con su marido Carrick en Detroit, el lugar de nacimiento de ambos. Christian la quiere mucho: esta mujer dulce y cariñosa ocupa un lugar importante en los recuerdos del joven. Tiene una relación cercana con sus hijos y le encanta reunirlos en su casa de Washington para cenar con ellos; además, no duda en ir a visitarlos, a veces sin previo aviso. De hecho, así es como conoce a Ana.

Puesto que Ana es la primera mujer que Christian presenta a sus padres, Grace piensa equivocadamente que es su primera novia.

ELENA LINCOLN

Elena es una mujer de edad madura, con el cabello rubio platino y las uñas siempre pintadas de rojo. Es amiga de Grace y así es como conoce a Christian doce años antes de la trama de *Grey*. Durante seis años, ella lo inicia en el sadomasoquismo, convirtiéndolo en su sumiso, hasta que su marido descubre la relación. Esto no le impide continuar sus prácticas con otros hombres.

No obstante, los dos antiguos amantes continúan viéndose e incluso colaboran en el plano profesional: de hecho, Elena es quien presta a Christian el dinero necesario para lanzar su empresa. Durante uno de sus encuentros, Elena siente mucha curiosidad acerca de Ana, que a su vez está celosa de la ama, a la que apoda «la señora Robinson», en referencia al personaje que inicia en la sexualidad al hijo de la pareja de un amigo en la novela *El graduado* (1963) del escritor estadounidense Charles Webb (nacido en 1939). Elena resulta ser una buena asesora, ya que le ordena a Christian que vaya a Savannha a ver a su pareja.

KATHERINE KAVANAGH

Katherine, a la que llaman Kate, es la mejor amiga y compañera de piso de Ana cuando está estudiando en Washington. Christian se sorprende de que las dos jóvenes sean amigas, ya que son muy opuestas: mientras que Ana es morena, Kate es rubia y posee una seguridad en sí misma, un gusto por las compras y una sociabilidad que su amiga no tiene.

Estudia Periodismo y trabaja como redactora jefe del periódico de la universidad. Ella es quien provoca que Christian y Ana se conozcan: tras haber insistido para conseguir una entrevista con el multimillonario, se pone enferma el día de la cita, así que, en su lugar, envía a Ana a Grey Enterprises Holdings. No obstante, a ella no le gusta el nuevo amante de Ana por el sufrimiento que este le inflige a su amiga. Sin embargo, se ve obligada a verlo a menudo debido a la relación que establece con su hermano Elliot.

Nació en una familia privilegiada y es una muy buena

estudiante: fue la primera de su promoción y la eligieron para pronunciar un discurso en nombre de los estudiantes durante la entrega de diplomas. Después, gracias a su padre, gerente de la empresa Kavanagh Medias, consigue unas prácticas en el periódico *The Seattle Times*.

CLAVES DE LECTURA

GREY, ¿UNA SIMPLE REPRODUCCIÓN?

Tal y como había anunciado E. L. James, *Grey* narra los acontecimientos sucedidos en *Cincuenta sombras de Grey* desde el punto de vista de Christian. Esto implica, como es natural, cierta repetición respeto al primer tomo de la emblemática serie, especialmente en lo que se refiere a los encuentros entre Ana y Christian. Pero esta vez, toda la novela se presenta desde el punto de vista de este último.

En vista del éxito de la trilogía original, *Grey* era muy esperada por los seguidores que esperaban conocer más sobre el pasado del misterioso Christian. Por lo tanto, recibieron con entusiasmo la noticia de la salida del libro menos de un mes antes de su puesta en venta. En cambio, la crítica se mostraba escéptica.

Cuando se publicó la novela, las reacciones fueron moderadas. Aunque algunas seguidoras —el público de la obra de E. L. James es mayoritariamente femenino— estaban contentas de volver a encontrarse con el personaje de Christian, otras se dieron cuenta de que la repetición de las mismas acciones era más significativa de lo que se habían imaginado. Especialmente los diálogos en los que participa Ana están copiados literalmente, y la narración, de la que originalmente se encargaba Ana, desaparece en favor de los comentarios y pensamientos de Christian. Como muestra, exponemos el siguiente fragmento que aparece casi idéntico en el capítulo 8 de *Cincuenta sombras de Grey*:

«—Ven —le propongo, y le tiendo la mano.

—¿Qué?

—Vamos a arreglar la situación ahora mismo.

—¿Qué quieres decir? ¿Qué situación?

—Tu situación, Ana. Voy a hacerte el amor, ahora.

—Oh.» (James 2015, 126).

Aunque este tipo de repeticiones podrían parecer lógicas teniendo en cuenta el hecho de que las escenas y las frases que intercambian ambos personajes son iguales, lo que decepciona enormemente al público y a la crítica es que la mayoría de escenas han sido sacadas del primer tomo. Por ello, *Grey* no ofrece nada nuevo realmente. Los únicos fragmentos que aportan algo más en relación con la trama original son las alusiones a las pesadillas de Christian, que esclarecen un poco su pasado sombrío, y el relato de la semana que pasa sin Ana tras su ruptura.

Por lo tanto, *Grey* se concibe como un calco de *Cincuenta sombras de Grey*, hasta el punto de que la paginación es en decenas de páginas prácticamente la misma que en la versión «original». Desde entonces, mucha gente ha condenado lo que consideraban pereza por parte de la autora y un único objetivo de continuar generando ingresos en torno al universo de *Cincuenta sombras de Grey*.

UN ESTILO MÁS CUADRADO Y CRUDO

No obstante, parece ser que cierto aspecto difiere del primer tomo de la famosa trilogía: el estilo. La fantasía y el romanticismo de la ingenua Ana se han acabado. Christian es más sombrío, menos púdico, y esto se nota en el estilo y en el vocabulario adoptados en esta obra. Las palabras vulgares y las expresiones prosaicas aparecen con frecuencia. Los fantasmas de Christian ocupan gran parte de sus pensamientos y, en un principio, están relacionados con la dominación. Apenas ha conocido a Ana y ya se la está imaginando en su sala de juegos: «Me pregunto un segundo si toda su piel será así, tan impecable, y qué tal estará sonrosada y caliente después de un golpe con una vara» (James 2015, 14).

En el momento de su primera relación sexual, podemos constatar esta diferencia de vocabulario:

James 2012, cap. 8	James 2015, 135
«Y a medida que voy acostumbrándome a la extraña sensación, empiezo a mover las caderas hacia las suyas. Acelera. Gimo y me embiste con fuerza, cada vez más deprisa, sin piedad, a un ritmo implacable, y yo mantengo el ritmo de sus embestidas».	«Quiero que se corra. No pararé hasta que se corra. Quiero poseer a esta mujer, su cuerpo y su alma. Quiero que se aferre a mí. Joder. Empieza a acoger todos mis movimientos, a acoplarse a mi ritmo».

Entonces el texto toma un cariz más concreto, mucho más realista que el romance idealizado por Ana. Para el amante no hay lugar para el romanticismo: lo único que le interesa es la relación sexual, y describe hasta el más mínimo detalle de sus actos y sensaciones. Ahora que Christian se convierte en narrador, el lector llega a conocer sus pensamientos, que aparecen en cursiva.

No obstante, el vocabulario que emplea en materia de sexualidad no es muy variado. Asimismo, el personaje solo alude al acto físico por medio de términos vulgares: de hecho, este hombre no concibe hacer el amor, es decir, dejar que su pareja lo toque (lo cual no sucede hasta *Cincuenta sombras más oscuras*).

En cuanto a la expresión que utilizaba Ana para designar sus emociones («la diosa que lleva dentro»), aquí deja lugar a la personificación del órgano sexual del protagonista, que se ve extrañamente dotado de consciencia: se estremece, palpita, se entusiasma, consiente, aprueba, percibe la respiración de Ana como si fuera música. Esto hace reír a los lectores, e incluso algunos llegan a crear cuentas de Twitter para mofarse.

LA RELACIÓN AMOROSA VISTA A TRAVÉS DE LOS OJOS DEL AMO

Grey es la ocasión para ver qué tiene de característico esta relación particular para el amo, que ya cuenta con cierta experiencia en la materia. Pero hay algo que distingue esta nueva relación: Ana es virgen. Christian no lo descubre hasta el momento de proponerle el contrato y su primera relación sexual. En un primer momento, se siente confuso, pero rápidamente decide desflorarla y encargarse de su educación.

Por lo tanto, se supone que Ana tiene que someterse a él como mujer, pero también sexualmente. Aunque él se siente decepcionado por las reticencias de esta —que se niega, por ejemplo, a que la cuelgue en su sala de juegos—, no olvida que el contrato que quiere que firme le obliga a aceptar que su sumisa no esté de acuerdo con ciertas prácticas.

Su condición de amo asociada a su obsesión por el control hace que el personaje de Christian sea extremadamente posesivo y necesite conocer hasta el más mínimo detalle de la vida de Ana, así como controlar su existencia. Le resulta imposible aceptar que ella vea a uno de sus amigos sin montar en cólera, además la interroga frecuentemente para saber lo que hace y con quién se encuentra.

El problema es que Ana se niega a firmar el contrato, lo que crea discusiones entre los amantes. Por lo tanto, en teoría, Christian no tiene ninguna potestad sobre la vida de Ana, pero piensa y se comporta como si la tuviera. Si bien es cierto que la joven consiente y acepta algunos elementos, hay otros a los que se niega rotundamente. Prueba de esto es una escena que tiene lugar en Savannah, durante la cual Ana —que ya está molesta por la llegada de Christian cuando presumía que iba a pasar esos días sin él— ve que este está descontento porque ella está bebiendo un poco de alcohol con su madre, puesto que esto forma parte de las cosas que prohíbe el contrato.

No obstante, Christian acaba por darse cuenta de que Ana quizá tenga más de ama que de sumisa: enseguida manifiesta una audacia que le sorprende y lo desafía a menudo mordiéndose el labio o poniendo los ojos en blanco, a pesar de que él se lo haya prohibido. Aunque está decidido a dominarla sexualmente, afirma que, al contrario de lo que ella piensa, es ella la que tiene todo el poder, puesto que es quien decide lo que él puede hacerle. La narración de Christian da un enfoque distinto a su relación al respecto: cuando ella decide dejarlo, él se da cuenta de que depende de ella sentimentalmente. «Mientras me envuelvo una toalla alrededor de la cintura, tomo conciencia de lo que pasará a partir de ahora: cada uno de mis días será más oscuro y más vacío» (James 2015, 588).

EL LADO OSCURO DE CHRISTIAN

Desde que los dos protagonistas se conocen, la posesividad y la necesidad de control de Christian se ven con claridad. En cuanto termina su primer contacto con Ana, pide —y obtiene en cinco días—todos los detalles de la vida de la joven, desde su fecha de nacimiento a su número de cuenta. Incluso llega a pasar cerca de su casa mientras hace *jogging* para verificar si está o no y no duda en volver a contactar con ella por correo electrónico cuando considera que está tardando demasiado en responder. Entra en cólera cuando ella quiere pasar tiempo con alguien que no sea él (incluso aunque se trate de una mujer) sin avisarle. Estos aspectos de la personalidad de Christian desaniman a los lectores, e incluso Ana le pregunta si ha «buscado ayuda profesional para esa tendencia al acoso» (James 2015, 322).

Sus consideraciones a veces misóginas y su insistencia en

el hecho de que no es homosexual (lo cual repite a menudo) marcan con más fuerza las dificultades que parece experimentar Christian en sus relaciones con los demás y con la sexualidad. Todo esto rompe la imagen misteriosa y romántica que los lectores se habían hecho del protagonista a través de la narración de Ana y pasan a situarla en una realidad más terrenal. Para algunos, el príncipe azul ha perdido su encanto para convertirse en un personaje ordinario que, atormentado por una infancia difícil, ha desarrollado un comportamiento patológico (obsesión del control sobre los demás y machismo agudo). Si bien es cierto que Christian es muy respetuoso con su familia y sus empleados, no lo es tanto cuando se trata de mujeres. Él mismo afirma que aprecia a las mujeres cuando se callan.

Otro rasgo del carácter del protagonista ha resultado polémico. La historia vista por Ana lo muestra como un hombre distante a causa de su pasado caótico. Aunque sus opiniones a veces demasiado categóricas y su concepción de la sexualidad no llegaron a chocar realmente a los lectores en la primera trilogía, no sucede lo mismo en *Grey*. De hecho, la novela muestra aspectos más oscuros de la personalidad y del comportamiento de Christian, lo que lleva a algunos críticos a compararlo con un delincuente sexual.

PISTAS PARA LA REFLEXIÓN

ALGUNAS PREGUNTAS PARA PROFUNDIZAR EN SU REFLEXIÓN...

- ¿Cómo contribuye en la caracterización del personaje el estilo adoptado para la narración y los pensamientos de Christian?
- Los críticos y los lectores atribuyen la repetición de los diálogos de Cincuenta sombras de Grey a la pereza. ¿Pero le parece a usted ilógico este método? En su opinión, ¿de qué otro modo podría haber procedido la autora?
- ¿La distinción entre amo (Christian) y sumisa (Ana) es tan evidente como parece? ¿Qué elementos de la novela permitirían afirmar lo contrario?
- En su opinión, ¿Ana estaba obligada a infringir las reglas establecidas por Christian para poder construir una auténtica relación con él? ¿En qué contradice esta relación a algunas de las cláusulas del contrato amo-sumisa?
- ¿Por qué podemos decir que Ana inicia a Christian en los sentimientos igual que él la educa sexualmente? Responda con la ayuda de elementos extraídos de la novela.
- ¿Ha habido otras mujeres antes de Ana que hayan desempeñado un papel importante en la vida de Christian? ¿Quiénes? Justifique su respuesta con la ayuda de elementos extraídos de la novela.
- Estas dos citas se han extraído de sendos sueños de Christian que comienzan y terminan respectivamente la novela. La primera describe a su madre biológica; la otra, a Grace. En su opinión, ¿la posición de estos dos fragmen-

tos es casual? ¿Por qué?

> «Mami no ve nada. Quiero mi coche verde, pero mami sigue sentada en el sofá mirando a la pared» (James 2015, 11).
> «Mi nueva mamá es guapa. Es como un ángel. Un ángel que hace de doctora. Me acaricia el pelo. Me gusta que me acaricie el pelo» (James 2015, 636).

- Uno de los elementos criticados cuando salió el libro son las consideraciones de Christian respecto a las mujeres. ¿Cómo evolucionan a lo largo de la trama?
- Puesto que ya existe una adaptación cinematográfica de *Cincuenta sombras de Grey*, ¿por qué una adaptación de *Grey*, con el mismo equipo, resulta difícil de concebir?
- Una crítica del periódico The Guardian datada del 18 de junio de 2015 ofrece el siguiente juicio sobre *Grey*:

> «El primer libro era un retrato bastante entretenido y ligero del fantasma sexual de una mujer. Sin embargo, es prácticamente imposible leer *Grey* sin pensar que el narrador acabará en la cárcel. Recuerda más que nada a esas novelas policíacas en las que seguimos el punto de vista del asesino que persigue a su víctima»[1].

- ¿De qué modo esclarece esta crítica los juicios negativos emitidos sobre la narración de Christian? ¿Puede realmente la relación entre ellos reducirse a nada más que un dúo acosador-víctima?

---

1. Cita traducida por ResumenExpress.com

¡Su opinión nos interesa!
¡Deje un comentario en la página web de su librería en línea,
y comparta sus favoritos en las redes sociales!

PARA IR MÁS ALLÁ

EDICIÓN DE REFERENCIA

- James, E. L. 2015. *Grey*. Traducido por Anuvela. Barcelona: Penguin Random House Grupo Editorial.

ESTUDIOS DE REFERENCIA

- Colgan, Jenny. 2015. "Grey by E. L. James review. Christian Grey indulges his inner psychopath". *The Guardian*. Consultado el 18 de junio de 2015. https://www.theguardian.com/books/2015/jun/18/ grey-by-el-james-review-fifty-shades-of-grey-follow-up
- James, E. L. 2012. *Cincuenta sombras de Grey*. Traducido por Pilar de la Peña Minguell y Helena Trías Bello. Barcelona: Grijalbo.

EN RESUMENEXPRESS.COM

- Guía de lectura de *Cincuenta sombras de Grey (La trilogía)* de E. L. James.